KB215063

벚나무 모스 부호

시와소금 시인선 179

벗나무 모스 부호

ⓒ윤영기 · 윤종혼, 2025. printed in seoul, Korea

초판 1쇄 인쇄 2025년 04월 10일
초판 1쇄 발행 2025년 04월 15일
지은이 윤영기 시 · 윤종혼 그림
펴낸이 임세한
펴낸곳 시와소금
디자인 유재미 정지은

출판등록 2014년 1월 28일 제424호
발행처 강원특별자치도 춘천시 충혼길20번길 4, 1층 (우 24436)
편집 · 인쇄 주식회사 정문프린팅
전화 (033)251-1195 / 휴대폰 010-5211-1195
전자주소 sisogum@hanmail.net

ISBN 979-11-6325-092-0 03810
값 12,000원

시와소금 시인선 · 179

벚나무 모스 부호

윤영기 시 · 윤종흔 그림

시와소금

▌시 윤영기

- 경남 진주 출생
- 2005년 《솟대문학》으로 등단
- 2006년 보훈문예 추모 헌시 부문 우수상
- 2007년 28회 근로자문화예술제 시 부문 은상
- 2014년 제2회 《맑은누리문학》 대상
- 시와소금작가회 회원
- 전자우편 : yyglc123@hanmail.net

▌그림 윤종흔

- 청강문화산업대학교 웹툰만화콘텐츠 전공을 했다.
- 현재 웹툰만화, 시집과 동시집, 동화 관련 그림을 그리고 있다.
- 그린 책으로는 그림 산문집 「하루, 선물」이 있다.
- 전자우편 : rulbip@naver.com

시는
아름다운 것은 물론이고
일상의 하찮은 것,
아름답다고 생각하지 않는 것과
보이지 않는 내면적인 것에서
새로운 아름다움을 발견하고
자기만의 목소리로 부르는
노래라고 생각합니다.

잔잔한 기쁨과
작은 깨달음을
읽는 이와 함께 할 수 있다면
좋겠습니다.

순간순간의 크고 작은
영감들을 모아
아름다운 작품을 만들어 가겠습니다.

| 차례 |

| 시인의 말 |

제1부 떠돌이 물

제2부 순간들

제3부 링겔

제4부 벚나무 모스 부호

제 **1** 부

떠돌이 물

첫 아침 비

첫 아침 비
무화과에 볼 부비며 까르르 웃는다
잎 새엔 뛰어 오르는 투명한 기쁨
달팽이 더듬이 닦아주는 첫 아침 비
선악과에 재빨리 스며들어
지혜의 과즙을 듬뿍 만든다
우루루 연못에 뛰어내리는 첫 아침 비
파드득거리며 물고기들과 잘 논다
부르면 달려오는 첫 아침 비
마른 흙 어루만져 물 대어주며
사람의 아들들을 넉넉히 살게 한다

첫 아침 비는 아기 비
첫 아침에 아기이던 이들 꿈속에 내린다

작은 이

아시시의 프란치스코 성화가 걸려있는 작은 방
의료용 침대에 기대앉은 얼굴이 하얀 사십 대 사내
감은 눈으로 창밖을 보고 있다
아침햇살에 눈부시게 번쩍이는 길 건너 행복주택 창문들
사내, 어렴풋이 빛의 반사를 느끼는 듯 얼굴이 환해진다

감은 눈을 감는 사내의 눈꺼풀이 고요하다

젊은 시절 화공약품 공장에서 한눈을 상하고
잇달아 다른 눈까지 상한 사내
지압 안마를 배우며 몇 번이나 퉁퉁 부었던 엄지
오랜 세월 많은 이를 일으킨 지문 닳은 엄지
지압 일로 굽은 단단한 손가락으로 가스레인지 불을 켠다
따뜻한 계란프라이 안주로 들이키는 소주 한잔
몸이 후끈 달아오르며 힘이 솟는다
벌떡 일어나 창밖을 내다 본다
불어오는 바람,
저 먼 곳을 바라보며 웃음 짓는 사내

창 밑의 개망초 가볍게 흔들리며 피어있다

떠돌이 물

혼돈 속에서 태어나 우주를 떠돌다
언제부턴가 푸른 별에 살게 되었다

노아의 홍수 때는 이스라엘 하늘에 무지개로 떠 있었고
파리의 안개되어 시인의 시집에도 나와 보았다
러시아에서는 언 몸에 불세례를 받고 철조망 위로
높이 오르다가 북극광을 보기도 했고
조선의 밤눈 되어 어둔 하늘 떠돌다가 인적 없는
소금 장수 무덤가에 앉아도 보았지만
소말리아 하늘에 비구름 되어 억수로 쏟아져
눈 큰 아이의 빈 깡통에
한 모금 물로 고였을 때는 참 슬펐다
북간도 황량한 벌판에 찢어진 깃발들 나부낄 때
한 포기 이름 모를 들풀 아래 이슬로 스민 적도 있고
브라질에서는 산 그림자 젖으며
새소리 흥겨워 흘러 흘러가다가
굽이치고 소용돌이치며 천 길 낭떠러지로 떨어져
하얗게 물보라로 피어도 보았지만

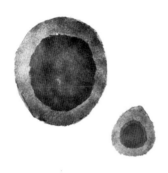

가장 기뻤던 일은
조용한 아침의 나라에서 8.15 광복 맞던 날
문산 성당의 십자가를 스치고는 더욱 맑아져
삼종을 알리는 부드러운 종소리 타고
준호네 태양사진관 지나서
소문리 낡은 기와집 창호지 문틈 새로 스미는
저녁 햇살에
티 없으신 성모님께 무릎 꿇고 기도하던 윤 회장님
주름진 눈가에 한 방울 눈물로 반짝였던 일이다

오, 바다여

오, 바다여, 신비로운 그릇이여,
온갖 물고기를 키우고
하늘의 해와 별들을 네 안에 품는구나
밤이면 은밀히 내리는 이슬과 단비를
모든 작은 개울이나 큰 강으로부터 모아들여
슬픔의 파도로 뒤척여
맑고 높은 저 곳으로 돌려보내는구나
하늘은 비를 내리고
꽃과 나무와 풀은 자란다
날짐승이나 길짐승이나 모두 너로 인해
생명의 물을 얻는다
큰 별은 네게 반사되어 눈부시게 춤추고
네 안 깊숙이 들어와 기쁨으로 머문다
우주에서 태어났으나 우주를 품는
아름다운 산호초와 은총의 보화를 간직한 신비로운 바다여
너는 정말 성모님을 닮았구나!

황금빛 책을 펼쳐라

아들아,
아침 햇살 창에 비쳐 들면
책을 펼쳐라
황금빛으로 번쩍이는 거룩한 책을
황금의 판에 금강석으로 새긴 글보다
더 빛나는 말씀들
아름다운 글은 아름답게
신비로운 글은 신비롭게
밝은 글은 미소 지으며
눈물 젖은 글은 눈물겹게 읽어라
글 쓰신 분의 품위와
신비와
무거움과
마음 쓰심을 소중히 생각하여
겸손되이 읽어라
감추인 분의 숨결을 느껴라

산란

밤새 산고를 치른 빌딩들은 지쳐 있다
흥건한 분비물 속에 누워있는
휴지와 소주, 음식물들로 잘 버무려진
속이 꽉 찬 종량제봉투들
아침이면 차곡차곡 청소차에 실린다

어젯밤, 영하의 날씨에도 꽁꽁 언 몸으로
강남 빌딩들은 불을 밝혔다
소망 기업 최 대리는 밤새 컴퓨터와 씨름했고
원조 숯불갈비 집 암소 갈비는 석쇠 위에서
풍만한 몸을 지글지글 태웠다
에덴 생맥주는 1000cc 머그잔에서
부글부글 끓어 넘쳤다
여자들은 구구대며 해산물 찌개를 포식했고
취한 남자들은 노래방에서 수탉처럼 울부짖었다

소각장에서 한 줌 재로 사라지며
검은 연기를 피워 올릴 무정란을

낳기 위해서
알들을,
알들을 낳기 위해서

한 동네 사는 낙엽들은

한 동네 사는 낙엽들은 한곳에 모인다
한 동네 사는 낙엽들은 자주 만난다
바람막이 쓰레기통 옆이나 막다른 골목에서 자주 만난다
도토리 낙엽은 개밥에 도토리로 쓴맛 단맛 보며
힘든 세상 살았고
감나무 낙엽은
호탕한 성격에 왕 발이라 잎새들 거느리고 살았다
단풍 낙엽은 곱상한 얼굴에 팔자가 좋아
색깔 있는 부모 만나 사치하며 남부러울 것 없이 살았고
은행 낙엽은 깔끔한 성품처럼 은행 건물 앞에 서 있는
은행나무에서 태어났다고 은근히 자랑이다

바지런한 바람은 낮은 곳으로 낮은 곳으로 낙엽들을 모으고
까칠한 얼굴에 검버섯 피고 갈색이 짙어질수록
서로들 더욱 정겨워진다
조금씩 금가고 부스러지기 시작하면 뼈마디가 욱신거리고
이빨까지 흔들리고 천식 해소로 쿨렁 쿨렁 거린다
잘 풀린 잎들은 양지바르고 오목한 곳에서 밤이슬도 피하고

보라색 제비꽃 호스피스 간호도 받지만
가진 것 없고 병든 잎들은
찬바람 휘몰아치는 쓰레기통 옆에서 오들오들 떨면서
한겨울 지내다 서둘러 제 갈 곳으로 간다
꽃샘바람 불어오면 찬바람에 날려
하나둘 멀리멀리 사라지고
남은 잎들은 서로들 수군거린다 다음은 누구 차례일까?
봄비 내리면
개나리 진달래 목련 벚꽃 산수유 새싹들 움트고
잎들은 가야 할 곳이 어딘지를 안다
막다른 골목 안 햇볕 따뜻한 낙엽 경로당
꽃샘바람이 전해주는 세상 소문 듣고
서로들 주거니 받거니 신세한탄을 한다

한 동네 사는 낙엽들은 한 곳에 모인다
한 동네 사는 낙엽들은 자주 만난다

그 남자의 바다

물안개처럼 김이 피어오른다

목욕탕 한 켠에 놓인 그 남자의 작은 배
손님을 태우고 그는 바다로 들어선다
손님의 등과 오른팔 왼팔을 바꾸어 때를 밀며
삶의 중심을 잡는다
초록 때수건을 비벼 비누 거품을 만든다
간혹 떠오르는 비눗방울들 무지갯빛을 띤다
저쪽에서 웃으며 물장구치는 아이들
남자는 돌아보며 씩 웃는다
알몸으로 서성이던 사람들 물속으로 뛰어들고
물결이 밀려와 철석 철석 타일 벽에 부딪친다
파도가 심하게 몰아치던 때, 그는 작은 배를 꼭 붙들었다
손님을 새 사람을 만들어 내려주고
남자는 땀을 흘리며 새로운 항해를 계속한다
저녁 여덟 시, 고단한 항해를 마치고 돌아온 남자
불은 손으로 일상을 한 바가지 떠서 배를 씻는다
시간의 찌꺼기들이 모래처럼 흩어지며 흘러내린다

바닥에 흩어진 몽돌 같은 비누들 주워 통에 담는다
혼자서 그만의 바닷가를 거닐어 본다
균형 잡힌 몸이 튼실하다

그 남자의 오솔길

아파트 인도에 개구리 주차한 차들과
화단에 줄지어 서 있는 남정목 울타리 사이
블록 틈새로 잡초들과 아기 민들레
노랗게 웃고 있는 좁은 통로
공구 가방 둘러맨 그 남자가 일터로 가는 길
강아지 똥과 담배꽁초 흩어진
가을이면 감나무 잎, 단풍잎들 누워있는
나는 새벽에 걸어본 적 없는 길
저녁이면 임대 아파트 벨을 연달아 누르고
마트에서 포획한 목살 두 근을 당당하게 내미는
무뚝뚝한 그 남자가 땀 냄새 날리며 돌아오는
낮이면 없어지는 오솔길

26

전우야

전우야
출근길 도로변 공원 벤치에 놓인 컵라면
말끔히 비워진 그릇 속
탄창처럼 놓여 있던 빈 담뱃갑
컵라면 위엔 나무젓가락
소총처럼 가지런히 놓여 있었지

훈련 마치고 병영으로 귀대하는 길
들이키던 논두렁에 흐르던 물
그 시원한 맛처럼 맥주 한 캔 따고
컵라면 국물 후후 불며 마시며
휴식 시간 일발 장전하던 담배 한 개비
노동의 하루를 마치며 피워 물었지

전우야
우린 언제 제대하지?

11월의 오솔길

새벽 어스름에 오솔길을 걸어갑니다
축축한 공기 속에 잠이 덜 깬 나무들은
밤새 발밑에 잎들을 수북이 쌓아 놓았습니다
단풍나무는 빨갛고 노란 작은 손바닥으로
촉촉한 바닥을 쓸어보고
플라타너스도, 후박나무도 두툼한 손으로
햇볕도 이슬도 더 많이 받으려고
이제는 욕심부리지 않겠다고
뼈 드러난 손등으로 하얗게 널려있습니다

가을의 첫 햇살이 이마에 닿았을 때
나무들은 이미 알았습니다
잎들을 버려야 한다는 것을
버리지 않으면 얼룩진 손들을 매달고
찬바람 속에 수치스럽게 서 있어야 한다는 것을
한겨울 지낼 곤충들의 이불도 될 수 없고
봄을 위한 밑거름도 될 수 없다는 것을

내기라도 하듯
툭툭 잎 던지는 소리 가득한 십일월의 새벽
엉킨 숨소리 고르며 오솔길을 따라가면
작은 것 하나 버리지 못하는
제 마음에도 어느새 평화가 고여 옵니다

방주

노아의 방주
소와 양, 펠리컨, 짐승들 쌍으로 싣고
모기, 도마뱀, 거미 생쥐도 몰래 탔었네
길고 지루한 항해
장미, 백합, 시클라멘은 부지런히 피고
솜털 보송보송한 새끼들 불어났었네

민둥산 내 머리에 앉은 벨벳 중절모
둥근 차양 햇살 막아주고
고개 숙이면 따가운 시선도 막아주었지
솟은 봉우리 속 따스한 감촉
아늑한 선실에 있는 듯 따스한 마음 키워
따스한 말들 새끼 쳐 낳아주었네
물보라 흩날리는 고단한 항해
뾰족코 파도를 가르며 씩씩하게 나아가
늙은 선장의 품위를 지켜주었네

겨울 강풍에 날아간 나의 중절모
아라랏 산 중턱에 안착한 노아의 방주처럼
늙은이의 억새 풀 듬성듬성한 숲에 살포시 앉아
추운 겨울날 따스한 생각들 말들의 새끼들
쌍쌍으로 풀어놓아 힘차게 뛰놀게 하기를
고향 친구와 모처럼 나눈 한잔 술에 단잠 드는 밤
흰 바람벽에 무지개처럼 걸려있기를

12월에는 마대자루도 일어선다

12월에는 마대자루도 일어선다
힘없이 주저앉은 마대자루들이
아파트 곳곳에서 우뚝우뚝 일어선다
시간 있으면 안양 호계동 목련아파트에 가보라
낙엽을 배불리 먹은 자루들이 불룩 배를 내밀고
바쁘게 오가는 주민들을 지켜보고 있는 것이 보일 것이다
은행잎이나 후박나무잎, 플라타너스잎을 잘 먹는 자루
단풍 낙엽이나 꽃잎을 유난히 좋아하는 자루
무엇이든 잘 먹는 잡식성 자루, 저마다 식성이 다르다
부지런한 미화원들 잎들을 꾹꾹 눌러 담고
점점 뚱뚱해지는 마대자루들,
눈 내리는 밤이면 생각에 잠긴다
주차선 안에 갇힌 차들 눈맞으며 지친 몸 쉬고
배고픈 길냥이 중앙도로 가로지르며 양양 거릴 때
검정 비닐봉지 눈보라에 휘 잉 솟구쳐
공중돌기하다 멀어지면 생각이 깊어진다

12월엔 목련아파트 마대자루들은
당당한 풍채를 보여준다
늘 원하던 대로 변모된 자신을 보며
흡족한 미소를 짓는다
목련꽃은 봄에 눈부시게 왔다가 참혹하게 지지만
머리 묶은 자루들은 버려지는 것들 싸안고
가장 자루다운 모습으로 자연으로 돌아간다

푸르고 투명한 빛 속에서 들리는 소리
― 조카의 결혼을 축하하며

시월의 푸르고 투명한 빛 속에서
가만히 귀를 기울이면
어디선가 나즈막한 소리가 들립니다.
우리들 두근거리는 심장의 고동소리에 맞춰
우리들 평화로운 숨결을 따라
어렴풋이 소리가 들려옵니다.
아주 작고 부드럽지만 느낄 수 있는 소리
살아 숨 쉬는 모든 것 속에서 쉬지 않고 울리는 소리
황금 풍뎅이와 은어의 심장에도 울리는 소리
별과 별 사이에, 은하와 은하 사이에
산들과 계곡마다 울리는 소리
가을바람이 들국화에게 속삭이는 소리
강아지 똥을 어루만지는 햇살의 알갱이 속에도
숨어있는 소리

어느 한순간 두 사람의 심장에도
그 소리가 울려왔습니다.
눈부셔, 눈부셔하다가 두 눈이 마주쳤을 때

어떤 소리를 들었습니다.
처음엔 작고 가녀린 소리였지만 점점 더

크고 뚜렷하게 들려오던 소리.
두 사람의 마음속에서 이제 하나의 노래가 되어
사랑, 사랑, 사랑이라고 외치는 우주의 교향악 속에서
사랑의 하모니를 기쁘게 노래합니다.
밝고 환한 대낮에는 반짝이며 뛰놀고
폭풍우 이는 어둔 밤에는 흰 몸을 뒤척이며
희망의 별을 띄우고 흐르는 시간의 강을 따라
늘 함께하며 흘러갑니다.

사랑의 첫 고동 소리를 울린
지고한 사랑과 하나가 되기 위하여
오늘 이 기쁜 날 두 해맑은 영혼을 축복하소서
서로 믿고 의지하여
축복받은 사랑의 언약을 이루게 하소서
생명의 둥지를 튼실하게 키워
사랑의 열매를 영글게 하고
받는 것보다 주는 것이 더 행복하다는 것을 깨달아
자신의 부족함과 상대의 나약함도 겸허하게 받아들이며
모든 숨 쉬는 것들과 있는 것들을 사랑하게 하소서
사랑으로 하나 되어 언제까지나 언제까지나
사랑하며 살게하소서

제 **2** 부

순간들

폭풍우 속으로

겨울 바다 폭풍우 속 항해하는 화물선
작은 새 한 마리 선실로 날아들었네
밖으로 나가려고 여기저기 부딪히며
파닥이다 지쳐 내 손 안에 들었네
비에 젖은 몸, 얼굴에 대어보았네
콩닥콩닥 심장 고동 소리 작은 북소리였네
작은 새, 잘게 뜯은 식빵 조각도
접시의 물도 쳐다보지도 않았네
내게서 떠나 날아가려고만 했었네
산더미 같은 파도 배를 뒤흔드는 폭풍우
속으로 작은 새 날아갔네 어쩔 수 없었네
수십 년이 지난 지금도 나는 잊지 못하네
두려움 때문에 날려 보낸 작은 새
세상을 항해하다 상처 입은 내 배로
폭풍우 속을 뚫고 날아와
돛대에 사뿐히 앉기를 바라네
솟대처럼

하트

머리가 희끗희끗한 주방장, 손바닥만 한
안심 두 장을 프라이팬 위에 살며시 올려놓는다
치지직 소리를 내며 구워지는 안심들
선홍빛 핏물이 고일 때까지 지켜보다가
고기를 뒤집는다
갈색으로 물드는 비프스테이크를
하트모양으로 맞추어 본다

안심 비프스테이크를 좋아하던 그녀
창밖에 벚꽃이 날리는 4월의 레스토랑에서
한우 안심 비프스테이크를 씩씩하게 먹고
이태리의 클라라 수도원으로 종달새처럼 날아갔다
그때부터 그의 인생은 파슬리 씹는 맛이었다

한가할 때 찾는 손님은 언제나 VIP대접을 받는다
주방 문틈으로 보이는 노부부는 식탁에 앉아
창밖에 날리는 벚꽃을 보며 속삭이고 있다
때로는 원하는 빛깔로 제맛을 찾지 못해
안타까울 때도 있지만

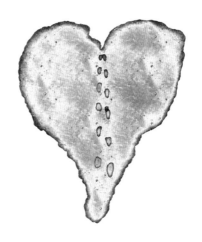

그는 늘 정성스레 고기를 굽는다
그녀가 콧노래를 부르며 먹던 감자튀김,
품위 있게 감아 먹던 스파게티를 조금 담고
스테이크에 걸쭉한 갈색의 시간을 한 국자 끼얹으면
손님을 위한 그의 사랑의 작은 하트는 완성 된다

노부부에게 접시를 가져가는 주방장
한 발을 절며 그녀에게로 간다

감성주의자는 지구를 떠나라

그녀는 겨울이 오면 환청에 시달린다
롱패딩입은 학생들이나 직장인들 우르르 몰려오면
오리들, 거위들 꺽꺽거리는 소리가 들리는 것 같다
계란프라이를 하려고 하면 난각번호가 머리에 떠오르고
쇠고기 국이라도 먹을라치면 감금 틀이 생각나면서
무릎관절이 시큰거린다
여름이면 살처분 뉴스에 잠을 뒤척이고
봄이면 꽃가루와 바이러스와 먼지로 된 불온한 공기 속에서
거리를 배회하다 죽은 멍냥이들의
웅얼거리는 소리를 듣는다
알레르기 체질이라 키울 수도 없다
먹성 좋은 남편과 아들은 맥주와 치킨을 잘도 시켜먹는다
심리상담을 받으니 너무 깊이 생각하지 말라고 한다
그녀는 오늘도 좀 더 무뎌져야 한다고 다짐한다
예민한 감성의 그녀가 생존하기엔 이 행성은 너무 잔인하다
총체적 난국이다

왕고목은 몸을 털지 않는다

왕고목은 몸을 털지 않는다
몸이 흔들려도 몸을 털지 않는다
온몸 부서질 듯 비바람에 흔들려도
쏟아지는 함박눈 어깨 휘어져 가지들
뚝뚝 부러져도 왕고목은 몸을 털지 않는다
딱따구리 여윈 가슴에 구멍을 뚫어도
줄 다람쥐 왕밤 물고 등줄기를 오르내려도
산 까치 머리에 둥지를 틀어도 몸을 털지 않는다
불볕더위 매미들 고막 찢어지게 울어
머리가 아파도 왕고목은 몸을 털지 않는다
어스름 저녁 거미들 어지럽게 집을 지어도
벌레들 아귀아귀 속살 다 파먹어도 몸을 털지 않는다
늦가을 찬바람에 잎새들 다 떠나가도
고목들 다 쓰러져 혼자 남아도
왕고목은 몸을 털지 않는다
왕 고목은 결코 몸을 털지 않는다
왕 고목은 몸이 흔들려도 몸을 털지 못한다
몸을 터는 것은 왕고목이 아니다

아베마리아

아베마리아, 늘 기도하고 싶습니다
아베마리아, 저희 죄인들을 구원해 주십시오
늘 가난한 저희들에게 인자를 베푸소서
삶은 어찌 이렇게 힘들고 슬픈지 모르겠습니다
사람들은 많은 불안과 두려움 속에 잠겨 있고
거리를 방황하는 당신의 아들딸들도 많이 있습니다
우리 연약한 이들에겐 당신 아드님의 십자가는
너무 무겁게만 느껴집니다
당신 아드님은 절망의 끝에서 나타나시니까요

마리아, 고귀한 이름이여,
영원한 어머니여,
저희 삶을 구원해 주실 분이시여,
저희 죄인들은 당신의 고우심만을 보고 싶습니다
저희 가난한 이들은
당신의 부드럽고 은밀한 손길만이 그립습니다
저희를 위로해 주십시오

팔라송의 아베마리아 선율은

가난한 이의 동정녀를 노래하는 것만 같습니다
당신의 아드님께 마음으로 바랬습니다
자신을 미워하지 않고
남을 원망하지 않고
삶을 기쁨으로 받아들이게만 해달라고
당신은 저희를 불행에 묻히지 않게 해주실 것입니다
묵주의 9일 기도에서 약속하신 것처럼

아베마리아,
봄비 부드러이 내리면 당신의 눈물인 것처럼
가을비 쓸쓸히 내리면 당신의 슬픔인 것처럼
슬퍼집니다

아베마리아,
당신 발아래 엎드려 울고싶습니다
현세에서 위로받지 못하는 이들이
내세에서는 당신의 위로를 받게 해달라고
빌고 싶습니다
위로를 많이 받은 사람들도 모두 다 위로받게 해달라고

순간들
― 매헌(梅軒) 윤 봉길 의사님에게 바칩니다

1.

얼마나 기다려온 시간인가?

스물다섯의 봄, 4월 29일 아침

새 양복 차려입고 홍커우 공원으로 걸어간다

붉은 심장에서 돋아난 푸른 슬픔

수없이 다짐하며 스스로 익히고 익혀

조국의 품에 한 알 열매로 떨어지려

물통매고 도시락 차고 이마를 쳐들고

①나의 철권으로 적을 쳐부수기 위해

한 걸음 한 걸음 앞으로 나아간다

②부모님에 대한 사랑보다

형제에 대한 사랑보다

아내와 자식에 대한 사랑보다

더 강의(剛毅)한 사랑을 깨달았기에

이 순간을 향하여 주저 없이 걸어 왔다

조선인이 살아있음을 온 세상에 알릴

하늘이 내리신 절호의 기회

어두운 조국의 하늘에

샛별을 빛나게 하리라
억눌린 겨레의 가슴에
한 송이 자유의 불꽃을 피우리라
용순, 사랑하는 아내이며 동지,
이 차디찬 시간,
소리 없이 옷깃을 스치는 ③보슬비
당신 격려의 입맞춤인 듯 포근하오
내 영광의 월계관은 당신이 준비한 것이오
④후일에 따뜻한 악수와 따뜻한 키스로 다시 만나세
부모님과 모순과 담을 부탁하오
안녕, 당신을 사랑하오

2.
이제는 가야 할 시간이다
스물다섯의 겨울, 12월 19일 아침
흰 눈, 눈… 눈이 부시다
시린 하늘,
저기 벼랑 아래 낮게 선 십자가

눈바람, 살을 파고드는 한기,
봄 양복 깃발처럼 펄럭 인다
나는 한 걸음 한 걸음 힘주어 걸어간다
겨레의 뿌리에서 돋아난 매화 가지
십자 형틀에 눈 가려, 외로이 달리면
야윈 이마 한 줄기 더운 피 흘러
눈밭에 매화 꽃송이 점점이 피리라
정의의 철권을 두려움 없이 내리쳐
더러운 침략자들을 쳐부수고
빼앗긴 조국을 되찾아
⑤새롭고 순수한 우리 겨레의
깨끗하고 아름다운 세상을 만들기 위하여
이 순간까지 기쁘게 걸어왔다
사랑하는 용순,
빛나는 눈빛마저 어둠에 가린 숨 막히는 이 시간
희고 부신 눈꽃, 눈꽃들, 당신 얼굴,
기억하며 나는 미소를 짓고 있소
잔악한 고문으로도 결코 꺾을 수 없었던 조선 남아

⑥살가지의 기백으로 나는 ⑦노래를 부르오

이것은 아내이며 동지인 당신께 바치는 노래요

내 승리의 반 이상이 당신 것이오

나보다 더 오래 눈보라 속을 걸어야 할 당신

봄날 풀빛 푸르거든 날 찾아와

고운 손으로 무덤의 금잔디 쓰다듬어주오

삼천리 금수강산, 태극기 휘날리면

두 아들 모순과 담도 데려와

씩씩한 손으로 술이나 한 잔씩 올리게 해요

사랑하는 용순, 후일에 다시 만나세

① 나의 철권으로 적을 (거사 2일 전 백범 김구 선생의 요청으로 네 편의 유촉시와 함께
  쓴 '자필 약력'에서 인용)
② 부모님에 대한 사랑보다 형제에 대한 사랑보다 아내와 자식에 대한 사랑보다 더
  강의(剛毅)한 사랑을 (1930년 10월 18일 자 '어머님께 드리는 전상서'에서 인용)
③ 보슬비 ('일본의 기를 꺾은 윤봉길 의사'에서)
④ 후일에 따뜻한 악수와 따뜻한 키스로 다시 만나세 (1931년 청도에서 '어린 아들
  모순에게 보낸 편지'에서 인용)
⑤ 새롭고 순수한 깨끗하고 아름다운 세상 (농민 독본'제6과 농민과 공동정신'에서 인용)
⑥ 살가지 (삵괭이의 사투리로 윤 의사의 매서운 성품 때문에 고향 사람들이 한 때
  별명으로 불렀슴)
⑦ 노래 ('윤봉길 의사 순국일지'에서 일본군 녹사가 작성한 문서에 기록됨)

번창하는 사업 · 1

사람들은 마음 밭에서 재배한 많은 꽃나무들과 채소들과 과일들을 가족들과 이웃들과 동료들과 쉴 새 없이 주고받는다. 그들이 데리고 있는 이상한 가축들과 새들, 곤충들 그리고 물고기, 벌레들까지. 사람들은 날마다 밥을 먹고, 채소를 먹고, 과일을 먹고, 물고기도 먹고, 웅덩이를 파서 물도 마시고, 꽃나무도 가꾸고, 노래도 한다. 이상한 가축들을 부려 밭을 파헤치고 황폐하게 해서 이상한 나무와 꽃과 채소와 과일들을 심고 가꾸어 무성하게 자라게 해서 대량 생산하여 집에서, 시장에서, 술집에서, 회사에서, 학교에서, 은행에서, 전철 안에서 물물교환한다. 사람들은 아무 때나 먹고 마시며 읊조리는데 숨결 속에 악취를 풍긴다. 이상한 가축들은 점점 살이 찌고 힘이 강해지고 새끼를 치고 새끼는 또 새끼를 치고 그 새끼는 또 새끼를 쳐서 날로 번성한다. 축사는 점점 더러워지고 시끄러워지고 밭은 점점 더 황폐해지고 이상한 꽃과 나무와 곤충과 벌레는 더 이상한 모습으로 변하고 이상한 과일과 채소는 더 이상야릇한 맛을 띠고 사람들은 먹으면 먹을수록 그 이상야릇한 맛에 점점 더 취하고 취하면

취할수록 더 많은 채소와 과일들을 주고받고 더 많은 가축과 더 많은 물고기들과 더 많은 곤충들과 더 많은 벌레들을 키우고 그것들은 더 많은 새끼를 치고 새끼의 새끼들은 더 더 많은 새끼를 치고 밭은 더 더 황폐해지고 그래서 더 더 이상야릇한 나무들과 꽃들과 과일들과 채소들을 생산하고 더 더 자주 물물교환을 하고 더 더 많이 먹고 마신다. 물물교환은 집에서, 시장에서, 술집에서, 회사에서 학교에서, 은행에서, 전철 안에서 끝없이 끝없이 계속되며 번창한다.

번창하는 사업 · 2

사족으로 덧붙이면 백합꽃이나 장미꽃, 안개꽃, 바이올렛, 채송화, 금잔화, 시클라멘, 라일락, 벚꽃, 목련들과 금붕어, 황금 잉어, 숭어, 빙어, 비둘기, 펠리컨, 어린양, 토끼, 소들을 대량 재배, 사육하는 사람들은 드물고 아주 조금씩만 재배, 사육하는데 이런 것들을 물물교환하는 경우는 비교적 많지 않다. 백합과 장미 다발을 주는데 이상한 과일이나 벌레 묻은 채소를 주기도 하고 어떤 사람이 웃으면서 안개꽃과 카나리아와 펠리컨, 꽃사슴을 주는데 상대방은 기다렸다는 듯이 보답으로 울면서 이상한 가축과 새끼 몇 쌍을 주고 이상한 곤충과 뱀과 벌레들까지 덤으로 주는 경우도 있다. 때로는 아주 드문 경우인데 어떤 사람이 웃으면서 이상한 곤충과 벌레들과 실뱀들과 악어들과 바퀴벌레, 칼을 주는데 상대방은 울면서 백합과 장미와 당도 높은 오렌지와 사과, 신선한 물고기와 잘 구워진 빵과 안개꽃들을 무더기로 주는 경우도 있기는 하다. 아름다운 꽃과 나무, 과일과 채소들을 재배하는 일과 깨끗하고 신선한 물고기와 목소리 고운 새, 순하고 말잘 듣는 가축들을 사육하는 일은 힘이 많이 들고, 경비도 많이 들고, 성장 속도도 느려 재미가 없어 사람들이 싫어한다. 그래서 이상한 꽃과 나무와 과일과 채소와 물고기, 새, 짐승, 뱀, 벌레들을 키우는 것이 재미있다고 성행하는지도 모르겠다. 마지막으로 이것도 사족으로 덧붙이는 것인데 무엇보다도 맑고 시원한 물이 중요한데 이 물은 하늘에서 내려오는 물이어야 하는데 소문에 듣기로는 어린아이들과 깊은 계곡에 사는 사람들이나 수도원에 사는 사람 중에 이런 물을 담을 맑은 옹달샘을 잘 보존하고 있는 사람들이 많이 있다고 한다.

허물

갓 허물 벗은 매미 한 마리
나뭇잎 뒤에 숨어있네

버려야 할 허물을 붙들고 있다고
너무 허물하진 마셔요
힘들게 힘들게 허물을 벗고 나면 누구나
잠깐은 붙들고 있는 허물이라오
삼십 년 동안 붙들고 있는 허물이라오
들킬까 봐 땅속에 숨어서
숨어서 숨죽이며 살았소
비 오는 밤 허물어진 돌담 옆
탱자나무 잎 뒤에 숨어서 가시에 찔리며
몰래몰래 벗은 허물이라오
이 가난 비 그치고 젖은 날개 마르면
탱자나무 매운 잎에 묵은 허물 보란 듯이
대롱대롱 매달아 놓고
나, 능소화 늘어진 오동나무로 힘차게 날아가
내 허물을 기쁘게 노래하겠소

숨기려던 마음이 더 큰 허물이었다고

장갑처럼

장갑처럼
아침마다 손들을 바꿔 낄 수 있다면
어제의 손들을 버리고 새롭게 시작할 텐데

시든 달맞이꽃 아내를 달래주지 못하는
찌질한 손을 버리고
깃털 빠진 비둘기 왕따 급우에게
악플을 날리는 못된 손을 버리고
멍냥이를 몰래 버리는 루저 손을 버리고
새롭게 시작할 텐데

근엄한 얼굴로 솜방망이 판결을 내리는
마이더스 손을 버리고
노래방 도우미 손에 달라붙는
축축한 넝쿨손을 버리고
길거리 아무데나 담배꽁초를 버리는
싸가지 없는 손을 버리고
새 손으로 다시 시작할 텐데

장갑처럼
손들을 다른 손으로 바꿔 낄 수 있다면

여친에게 꽃다발 건네며 가늘게 떨리던 순수한 손은
시각장애인 친구와 팔짱을 끼고 산책하던 따스한 손은
어머님 눈을 감겨드리던 눈물 젖은 손은
어떡하지?

(우문현답)
추억의 소품 창고에 잘 보관했다가 생각날 때마다 한 번씩 껴
보면 되지

(구경꾼 길냥이)
우리는 손이 없어서 목에 걸린 생선 가시도 못 뽑는데……

한 톨 볍씨가

한 톨 볍씨가 벼꽃을 피우지 않았더라면
한 톨 쌀알이 밥솥에서 익지 않았더라면
희고 윤기 흐르는 쌀밥 같은 네 얼굴은 없으리라
염색한 노랑머리 흔들며 멜론 음악 듣는
가을바람에 흔들리는 황금빛 벼 줄기 같은
튼실한 너는 없으리라

황금빛 껍질 두 쪽으로 갈라
희디흰 속살 햇살 아래 드러내어
한 톨 쌀알 된 한 톨 볍씨
생명을 품을 씨눈마저 잘라버리고
한 그릇 찰진 밥 되어
네 안에서 다시 살아난다
숨결로, 눈빛으로, 눈물로

흰쌀밥을 배불리 먹은 너
푸근한 쌀밥 같은 마음
뜨뜻한 국밥 같은 마음
빈 그릇 같은 사람들에게 퍼주어라

카인의 표

아침 햇살 온 누리 비출 때
발걸음 가볍게 일터로 가는 그대
카인의 표는 이마에 눈부시게 빛나고 있네
그대가 느끼는 이마의 따스함은 어머님 손의 따스함
지난 일들은 모두 잊어요
죄짓지 않는 한 자유롭게 살아도 좋아요
재능을 마음껏 펼쳐요
웃고 울며 춤춰요 아무도 바라보고 있지 않은 것처럼
노래해요 아무도 듣고 있지 않은 것처럼
사랑해요 한 번도 상처받지 않은 것처럼
마음의 집에 키우는 쇠사슬 목걸이 찬
야수들에게도 표는 주어졌으니
카인의 후예여 스스로에게 용서를 선물해요

피곤한 하루 성실하게 일한 그대
저녁 햇살 눈부시게 그대와
함께 집으로 돌아가는 아내의 이마와
그대 차의 이마에서도 번쩍이네
카인의 후예의 소유물에도 낙인은 찍혀지는 법
그대는 행복한 사람 웃음 지어요
눈 들어 마주 볼 수 없는 저 태양이 빛나는 한
카인의 표는 유효하니까

쌍절곤

원을 그린다
이지러지지 않은 크고 작은 원을 수없이 그린다
원 속에 나를 가둔다
원의 방패로 나를 지킨다

후려친다, 한치 앞을 못 보는 어둠 속
앞뒤 옆을 쉬지 않고 후려친다
쇳소리 철렁이며 돌개바람처럼
숨 가쁘게 돌아가는 우리네 삶
서로의 관계 속에서 묘기는 터지는 것

지혜의 곤은 등 뒤에 감추어
수완 좋은 상대의 기습을 경계한다
상식의 발걸음, 유연한 대화의 탄력으로
아집을 버리고 튕겨
일격필살 내 안의 큰 뱀 작은 뱀을 치고
재빨리 중심 잡는다
한순간인들 흔들리면 스스로 다치는 법

심장을 움켜지면 쇠사슬로 손목을 조이고
약은 속셈은 임기응변의 옆차기로 쳐부순다

승리는
어둠 속에서도 자유자재할 수 있는 끊임없는 훈련
결코 방심하지 않는 낮추인 마음과
이성과 감정의 두 날개를 잘 다스려
정확히 제자리로 돌아가는 데 있다

촛불
— 삼위일체의 엘리사벳 수녀님에게 바칩니다

끝없이 바라본다
넘쳐나는 슬픔의 호수 한 가운데
타오르는 말 없는 몸짓
빛나는 상처로 번쩍인다

하나의 얼굴을 위하여
칼의 눈동자로
휘장을 찢어
어둠 저 너머를 바라본다
무의미의 밤에
무기력의 밤에
소스라치는 날마다의 낮아짐으로
사랑의 보이지 않는 탑을 쌓는다

별마저 숨은 밤
새벽을 기다리며
고뇌로 타오르는 이마를 들어
어둠의 벽에 그리는 얼굴
잎 속의 푸른 잎으로 피어난다

제 **3** 부

링겔

푸른 기둥을 옮기는 그녀

하단행 아침 버스 비좁은 사람들 틈에 서서
빛의 치어가 뛰는 낙동강을 바라보는 연푸른 스웨터 아
가씨
4월의 햇살을 튕기며 흔들리는 갈색 생머리
청바지 속으로 쭉 뻗은 미루나무 같은 두 다리
그녀의 삶의 무게를 떠받치며 중심을 버텨줄
고도의 탄성과 인장력을 지닌 두 기둥
세월의 흐름에 따라 낡고 마모되어
마침내 가늘게 구부러질 두 기둥
하지만 지금은 범접할 수 없이 팽팽하다

그녀는 한 손에 든 입사원서를 허리에 꼭 붙이며
어젯밤에 거울 앞에서 연습한 대사를 외워 본다
버스가 종점에 닿자 우르르 내리는 사람들
재빠르게 전진하는 아가씨
하늘색 운동화 위로 쭉 뻗은 푸른 두 기둥을
앞으로 가볍게 가볍게 옮겨간다

칼

칼은 제집에서만 운다
칼집에 머리를 묻고 울다 잠이 든다
칼집은 칼이 한껏 울게 공명하며
속으로 운다
그래서 칼은 울음 속 울음을 또 운다
고요하고 어두운 칼집에서 잠들었다가
벼린 얼굴을 날 세우고 집을 나서는
칼의 눈은 맑고 깊다
칼은 칼의 집에서 쉬어야 한다
집 없는 칼을 생각해보라
명검(名劍)이라도 비에 녹슬고
볼품없이 아무 데나 뒹굴어
발길에 채일 것이다

뻣뻣이 고개 쳐든 잡풀 아래
머리를 박고 묻혀버릴 것이다
칼이 칼 같을 때
스스로를 겨눌 때
무대에서 춤출 때
집을 생각 한다
칼은 돌아가기 위해서
칼집에서 울다 잠들고 싶어서
집에서 나오는 것이다

별이 된 조선의 풀

— 1932년 10월 10일 오전 9시 2분 시곡형무소(市谷刑務所)에서
순국하신 이봉창 의사님에게 바칩니다.

1.

구름 낀 하늘 아래

풀들이 울고 있었습니다

일본제국주의 눈보라에

조선의 풀들이 억눌려 있었습니다

눌려있던 조선의 풀들이

접혔던 허리를 펴고 일어섰습니다

어질고 순한 조선의 풀들이 더 이상

참을 수가 없어서 한마음으로 일어섰습니다

용산 문창보통학교를 졸업한

풀잎 같은 한 청년도 일어섰습니다

일본인 과자가게 점원으로,

차별받는 용산역 전철수로,

중 노동하는 부두 노동자로 살아왔고

일본인 비누 가게에서 동포들이

모욕당하는 것을 지켜보던 조선의 한 청년이

가슴에 담아두었던 억울함과

뼛속에 새긴 나라 잃은 설움을
조선의 동포들과 함께하며
민족의 자주독립을 위하여
조선 노동자의 가난한 몸이지만
뜨거운 마음으로 일어섰습니다
참조선 사람이 되고 싶어서
참조선 사람으로 살기 위해서
두려움을 떨치고
두 주먹을 불끈 쥐고 일어섰습니다
가면처럼 덮어쓴
부끄러움을 던져버리려
억새 풀처럼 꼿꼿이 일어섰습니다

2
상하이 임시정부 한인 애국단
이 봉창 단원은 태극기 앞에서
두 손에 수류탄을 들고
적국의 수괴를 도륙할 것을 맹세했습니다

마지막 사진을 찍으며
"내가 웃어야 조국이 광복이 되겠지" 하며
환하게 웃던 민족의 큰사람 이 봉창 의사님!
'제가 영원한 쾌락을 얻으러 가는 길이니
우리 기쁜 낯으로 사진을 찍읍시다 ' 하며
슬퍼하는 백범 김구 선생님을 위로했습니다
이 의사님은 동포들이 보낸 성금을 받고
깊이 감격하며 더욱 거사의 결의를 다졌습니다
의거일인 1932년 1월 8일 11시 45분경
황궁의 정문인 사꾸라다 문 앞에서
일왕 히로히토의 마차가 지나가자
검은 외투를 입은 키 큰 청년은
있는 힘을 다해 수류탄을 던졌습니다
폭탄은 하늘과 땅을 흔들며
적국의 수도 도쿄의 심장을 찢었습니다
그 섬광은 분노에 찬
우리 민족의 눈빛처럼 번쩍였습니다
그 파편은 침략자를 단죄하는

우리 민족의 정의의 칼날처럼 날카로왔습니다
그 굉음은 불의를 응징하는
우리 민족의 외침인 듯
천둥처럼 터져 나왔습니다
그 의거는 상하이 임시정부 한인 애국단과
조국의 독립을 위해 싸우는
다른 많은 애국단체에게
제2, 제3의 의거를 충동하는 기폭제였습니다
그 의거는 적의 간담을 서늘하게 하여
침략자들을 두려움에 떨게 하였으며
우리 민족의 자주독립 의지를 밝은 불빛처럼
전 세계 사람들에게 뚜렷이 드러내며
침략의 어둠을 깨뜨리는 야광탄이었습니다
"그가 아니라 나요, 나, 그 사람을 놓아주시오.
내가 폭탄을 던졌소"
우렁차게 말씀하시며 의사님은
품에서 태극기를 꺼내 두 손으로 쳐들고
"대한독립 만세"를 세 번 크게 외쳤습니다

그때 청년 이봉창은
자신이 참 조선 사람이 되었다고 느꼈습니다
그때 대한의 아들 이봉창은
진정 조국의 아들이 되어 기뻤습니다.
그때 인간 이봉창은
자신을 얽어매고 있던 거짓과 나약함과
부끄러움에서 해방되는 것을 느꼈습니다.

3
이제 조선의 한 청년은
조국의 하늘에 별이 되었습니다
많은 찬란한 별들 중에서도
빛나는 별이 되었습니다
먹구름 걷힌 맑은 하늘 아래서
통일의 꿈을 키우는 저희들도
이 봉창 의사님의
슬프고도 아름다운 별빛을 바라보며
조국의 하늘에 작은 별이 되기 위해

평화의 땅에 뿌리를 단단히 박고
자유의 공기와
사랑의 물을 나누어 마시며
서로 사랑하겠습니다
고통받는 북녘 동포들을
사랑하겠습니다
중국의 조선족 동포들을
사랑하겠습니다
사할린 동포들도, 재일 동포들도,
재미 동포들도 사랑 하겠습니다
전 세계에 있는 우리 동포들을
사랑하겠습니다

당신을 송두리째 조국에 바치시고
영원한 즐거움이 있는 곳으로 가신
민족의 큰 별 이 봉창 의사님!
당신은 한 번의 의거로 불멸을,
한 번의 버림으로 영원을 움켜지셨습니다

이 의사님의 충절은
밤하늘에 빛나는 별처럼
길이길이 저희들 가슴 속에서
언제까지나 빛날 것입니다
의사님의 환한 웃음으로
저희들을 밝혀주시고
의사님의 불멸의 빛으로
저희들과 조국을 지켜주소서

풍경

가을바람에 소리 없이 흔들리고 있다
청산 아파트 경비실 팔각 콘크리트 지붕 처마 끝
경비 아저씨 머리카락 같은 휘 뿌연 거미줄에
매달린 죽은 매미 세 마리
망사 같은 날개들이 서로 엉겨있다
라디오에서 흘러나오는 이브 몽땅의 샹송에 잠겨 있다
고개 들어 창밖을 보는 흐린 눈동자에
풍경(風磬)으로 흔들린다
뜨거웠던 한여름 힘차게 울던 매미들
가물가물 기억의 거미줄에 매달린 이루지 못한 꿈처럼
대롱대롱 매달려 있다
고추잠자리 같은 자식들 짝 지워 날려 보내고
한가로운 초가을 오후
우수수 흩어져 내리는 백일홍 붉은 잎
자줏빛 마른 작은 꿈 조각을 쓸어 담으려 나서는 아저씨
굽은 등에 저녁 햇살 따사롭다

기우

걱정이다
동네 이장에게 빌린 고물 트랙터 끌고 로타리치며
마른 풀잎처럼 담배 연기 허공에 날리는 주인 김 씨
수척한 얼굴 보니 걱정이다
몇십 년 동안 함께한 내 몸에서 돌도 안 골라내고
제초제도 뿌리는 둥 마는 둥 풀도 제대로 안 뽑고
속살을 어루만져 부드럽게 몸을 녹여주지도 않고
거름으로 기름기 좀 채우지도 않고 푸석푸석한 낯짝에
영양가 없는 화학비료 몇 포대 파우더처럼 뿌려놓고
해마다 싱싱한 무우며 배추며 쉴 새 없이 낳아준 내가
몸 좀 풀고 노는 게 그렇게 보기 싫다며
남는 것 없어도 올해도 농사짓는다며 관절염으로
삐걱거리는 허리춤을 붙들고 미련하게 달려드는 김 씨
작년에는 채소값 폭락했다고 배추를 심어둔 채 방치해서
진물이 질질 흐르던 내 몸은 썩는 냄새로 머리가 아팠다
농수산물 개방으로 쌀값 떨어진다고
농사지을 생각은 안하고
바람난 똥개처럼 군청에 데모하러 간다고 왈왈대며

버스 타고 이리저리 몰려다니는 김 씨 때문에 걱정이다
아들놈 장가보낸다고
조선족 아가씨 선보러 연변에 다녀오는데
소 몇 마리 팔고 몇천만 원 깨졌다고
논두렁에 앉아 한숨 쉬는 김 씨
영농조합에 빚 얻어서 설치한 비닐하우스가
때아닌 우박으로 작살났다고
한밤중에 미친 놈처럼 집을 뛰쳐나와
흙일로 굳은 두 주먹으로
내 몸을 마구 때리며 눈물을 뚝뚝 흘리며 환장하는
우직한 김 씨 등살에 나는 못 살겠다
내년에는 돈 많고 수완 좋은 서울 사람에게
날 안 팔아넘기려나
아니면 몰래 야반도주나 하던지
나도 팔자가 좀 펴야 하는데……

한낮의 두려움

얼마나 가혹한 존중인가
고요함이란
한점 바람도 허락하지 않는 빽빽한
백양나무 숲의 엄숙함을
비웃으며 아래로 몸을 던지는 잎들
거미줄에 매달린 몸 무거운 이슬도
몸 던질 기회를 엿보고 있다
한낮의 숲속
엉겅퀴들의 가시 돋친 말
화강암의 이끼 낀 말
갈색 칡넝쿨의 뒤엉킨 말
모두 숨죽이고 있다
고요, 고요만이 외치고 있다
여기엔 어떤 두려움도 없다고
모든 것이 제자리에 있다고
아무것도 흔들리지 않는다고

두려움을 모르는 이슬 한 방울

툭 떨어진다

링겔

땅속 깊이 숨어서 흐르고 싶었다
불의 세례를 받고, 정화되기 위해
본성을 거슬러 높이 올라갔다

치유하기 위해
작은 비닐 팩에 스스로를 가두어
쇠기둥에 높이
알몸으로
수치스럽게 매달렸다
순수의 헤아림마저도 그대에게 맡긴 채

한 방울
두 방울
눈물처럼 떨어지는 사랑을
줄게 치유의 소금과 함께

고난의 세례를 받고 죽었다가
새롭게 살았듯이

구원하러 사라짐으로
다시 살리 땅속보다 더 깊은 그대 안에서
언제까지나

건강 비법

매일 매일,
참새처럼 재잘거리며 입방아를 찧는 작은 딸은
안약을 안 넣어도 자신감으로 새우 눈이 반짝인다
사색하는 큰아들은 눈이 부리부리해도
아침이면 순한 누렁이처럼 눈이 맑다

아버님의 청심환(淸心丸)같은 말씀을
어금니를 질끈 깨물며
마음 창고에 잘 저장했다가 조용할 때 꺼내서
쓴 알갱이들을 맷돌 이로 갈아서 잘 넘겨보자
어머님이 하신 약효 있는, 부드러운 풀잎 같은 말씀을
피가 되고 살이 되게 오래오래 씹어보자

뒤틀리고 비꼬인 창자에 말씀의 효소를 넣어
숙변을 뽑아내자 독가스를 방출하자
무작정 비빌 줄만 아는
철사처럼 가느다란 팔다리에 힘이 생기게
늘어진 근육과 쇠약한 정강이뼈를 일으켜 세우게

매일 매일 되새김질 해보자
귀엽디 귀여운 애기사슴도
순하디 순한 누렁이도
되새김질 안 하면 죽는다더라

라면집의 전투

용산 라면집 아줌마는 사수(射手)
고무대야에 포탄처럼 수북이 쌓인 무들
주먹만한 양파, 고추, 마늘도 준비 완료
21시 야식 시간 양념에 잘 재워진 깍두기들
김 씨 아저씨 걸쭉한 입으로 던져진다
알코올 몇 잔 목구멍에 털어 넣고
가스라이터로 담뱃불에 점화시키는 아저씨
올봄, 회사에서 부당 해고된 울분이 폭발한다
주방을 향해, 라면 머리 이 군을 향해 퍼붓는다
떠듬떠듬 응사하던 배달의 기수 이 군
오토바이에 철가방 싣고 어둠 속으로 정찰을 나간다
달빛 탐조등은 라면집 골목에 숨은 병사들을
샅샅이 수색한다
가을밤 유치한 감상에 물들어 '입영통지서' 나왔다고
여친 손목 잡고 울먹이는 나약한 젊은이는 없는지
전투에서 당당히 승리한 해병대 출신 김 씨 아저씨
단풍 든 얼굴로 드르륵 문 열고 나선다
흘러간 유행가를 목청껏 부르며 패잔병처럼 걸어간다

외상값 주고 가라는 아줌마 비명소리
아저씨 비틀거리는 긴 그림자를 붙든다
빈 그릇들을 체포해 오는
이 군 오토바이 소리 멀리서 들린다

빛이 비추이면 · 1

나무 십자가 아래 매달려 있다

그림자 희미하게
침묵의 벽에서 스며 나온다
내 안에서 피처럼
땀처럼
팔 벌린 채

지워버리고 싶다
내게서
되도록 멀리 물리치고 싶다

아직 식지 않은 슬픔
눈시울 적시며
서서히 녹아 흐르는
입 맞추렴 앙상한 내 영혼아
휘장 뒤에 은밀히 감춰진
무수한 가시 가시들 작은 언덕 같은

빛이 사라지면
오직 나무만 보일 뿐

나무만

빛이 비추이면 · 2

십자가 위로 어렴풋이 보이는 얼굴

눈멀고 귀 멀고 다리 절며 문드러진 얼굴
고통받고 고문당한 뒤틀린 얼굴
잔칫집에서 옆자리에서 포도주를 마시며 껄껄 웃던 얼굴
빵을 떼어 나누어 먹던 정겹던 얼굴
불같이 화를 내며 저주하던 얼굴
깃발처럼 돌멩이를 치켜들던 무표정한 얼굴
나뭇가지를 흔들며 발을 굴러 환호하던 얼굴
이마에 입 맞추던 겁먹은 얼굴
모닥불 쬐던 불길에 번들거리며 쏘아 보던 얼굴
담벼락을 쓸어안고 하염없이 울던 얼굴
생선 굽는 불길 사이로 언뜻언뜻 보이던 얼굴
옷자락을 붙들고 애원하던 얼굴

빛은 사라져도
영혼의 빛 더욱 환히 비추어
뚜렷이 솟아오르는 신인(神人)의 얼굴

오늘도 어둠의 못에 잠겨 있다
한마디를 위하여

"나 너를 사랑한다 사람아, 나 너를"

비너스의 탄생

떡갈나무 뾰족한 잎끝에 아스라이 매달려 있는
나를 발견했을 때
빛의 폭포 속에 벌거숭이 몸으로
천 길 벼랑의 허공에 나 혼자 있음을
알았을 때
얼마나 소스라치게 놀랐던가
무수한 빛의 창에 찔린 내 몸은
무지개 빛으로 반짝였어
숲의 고요 속에서 숨죽이며
나의 탄생을 기다려온 나무들과 풀들
풀벌레들 그리고 땅속의 미물들
경탄의 눈으로 나를 쳐다 보았어
다른 곳에서 먼저 태어난 이슬
한 방울 제 무게를 견디다 못해
서둘러 풀밭에 제 몸을 던지지만
누구보다 아름다운 나는
누드를 뽐내며 아침햇살에 반짝이네

달팽이 님의 귀환

달팽이 님이 우리집에 오셨다
찌질한 우리를 위로하러
장바구니 상춧잎에 묻어오셨다
모닝빵 모양의 작디 작은 집을 지고
누추한 월셋방에 행차하셨다
정성스레 씻은 상춧잎을 사근사근 드시고
사방이 환히 트인 투명 플라스틱 통 안에서
일주일을 숙식하며 체중을 늘리셨다
안개비 촉촉한 오늘 아침
달팽이 님이 감수성 예민한 그녀에게
연못 속 수련 위에 내려달라고 텔레파시를 보내셨다

짝퉁 명품 가방 속 축복받은 달팽이 님
가볍게 흔들리며 숲속 공원 둘러보시고
빗방울 듣는 수련 위에 의젓이 앉아
쌍 더듬이 흔들어 작별 인사하셨다
며칠 동안 수고했다고,
안녕이라고,

풀꽃들의 전쟁

봄 숲은 전쟁 준비로 소란스럽다
언 땅을 뚫고 솟아오르는 수많은 창 날들
봄 햇살에 연초록빛으로 번쩍인다
겨우내 쉬지 않고 땅속 군수공장을 가동한 풀꽃들
저마다 많은 무기들을 생산했다
꽃샘바람에 흔들리며 아직은 차가운
봄 공기를 예리하게 베고 있는
밤이슬에 잘 벼린 풀잎 칼들
샛노란 표창을 무공훈장처럼 가슴에 주렁주렁 달고
탐욕스러운 돼지 풀을 노려보고 있는 개나리 부대
키 작은 민들레도 톱칼을 들고 당당히 성전에 나섰다
목련은 하얀 수류탄을 눈부시게 터뜨리고
새소리에 취한 벚꽃은
하얀 꽃잎 파편을 어지러이 날려
불온한 찬 기운, 저항하는 겨울 잔당을 살상한다
호수에 배수진을 친 봄 안개 연막전술에
눈 나쁜 산 꿩은 길 잃어 체포되고
제비 전령은 강남에서 아직 미 귀대

소리 없이 적을 무력화시켜 낮잠에 빠뜨리는,
한낮에 무장해제 시키는 봄 아지랑이,
진달래 군단의 화공술에 온 산과 들이 불타오른다
풀꽃들의 승리는 확실하다

제 4 부

벚나무
모스 부호

물간 신심

목마른 고막처럼
한 방울의 쾌락이 떨어지면
움직이는 작은 무더기여
물간 고등어에 끼얹는 한 바가지의 물처럼
주르르 흘러내리는 신심이여
죽은 영혼에 번들거리는 순간의 빛이여
아무것도 보지 못하고 퀭하게 뜬 동태눈이여
얼음조각으로 가득 채워
굵은 소금을 듬뿍 뿌린다 한들
깨어 있지 않은 이를 썩지 않게는 못하리
가지런히 포개어져 팔릴 때를 기다리는 참조기들
저녁이면 머리 푼 죽음이 회한의 석쇠에 구으면
인연의 조각들은 비늘처럼 흩어지리

모시조개는 저울에 제 무게대로 달려서 팔린다

봄 햇살이 하는 말

봄 햇살이 하는 말을 들어 보아요
저기 진달래 흐드러지게 핀 장모님 무덤 옆
미끄럼 타며 노는 아이 이마에
봄 햇살 미끄러지며 하는 말을
큰형님 승용차 유리창에
봄 햇살 이마 찧으며 하는 말을
민들레 작은 꽃잎에 부딪혀
봄 햇살 심장 터져 죽으며 하는 말을 들어 보아요

미련한 눈에 예리하게 반짝이는 저 말
때로는 강렬하게 때로는 부드럽게 물결처럼
흘러오는 저 말
때로는 한 무더기로 때로는 서너 무더기로
금 화살처럼 쏘아오는 저 말
슬플 때는 슬퍼하며 기쁠 때는 기뻐하며
솔직하게 눈부시게 빛처럼 살라고
제 몸 조각조각 부서지며 외치는 말

햇님의 아들딸들이 마지막으로 남기는 말
'서로 사랑하라'
신의 아드님께서 마지막으로 남기신 말씀과 같네
진달래 묘원에 편히 잠드신 장모님이
말 없는 유언으로 남기신 말씀과도 같네

영혼의 태양太陽

이 광막한 우주에 뜨고 지는 태양은 무수히 많아도
영혼의 태양이 머무는 곳은
푸른 별
십자가 집
감실

눈감으면 떠오르는 하얀 태양
십자가 문장을 가슴에 새긴
얇고 부서지기 쉬운
많은 이들에게 잊혀진

잃어버린 영혼들 때문에
아쉬운 눈물 반짝이며
영혼의 수만큼 빛줄기를 쏘아대며
참을 수 없는 미친 사랑의 노래를 부르는

적막한 마음에 은빛 달처럼 떠올라
따스한 눈물 흘리게 하는

우리의 태양이 지는 곳은 오직
가난한 영혼의 성 뜨락

봄 산, 푸른 숲 같은 어머니
— 어머니의 팔순을 축하드리며

어머니,
아름다운 장미가 흐드러지게 핀 봄날
팔순을 맞으시는 사랑하는 어머니께
저희 자식들이 축하를 올립니다
흰 구름 머무는 봄 산 푸른 숲 같은 어머니
그 품에 깃들어 저희들은 마음껏 뛰놀고
종달새 마냥 봄 하늘을 날았습니다
어머니께서 만들어 주시던 풍성한 먹거리와 떨이 과일들,
명절 때의 단술은 참으로 달았습니다

어머니가 들려주시던 어려웠던 시절의 이야기들
특별히, 기성회비 달라고 조르던 셋째를 붙잡으려고
위생병원 길을 힘을 다해 달려 내려가시던 어머니의
소박하고 정겨운 이야기는 웃음꽃을 피우던
우리들의 추억이며 기쁨이었습니다
한결같이 우직하고 말씀이 없으시던 아버님의 어지심이
철없는 저희를 감싸주시던 든든한 성벽이었다면
어머니의 명랑한 웃음소리는 밝고 환한 불빛이었습니다

온 가족이 함께 바치던 15기도, 묵주기도, 저녁기도
거제리 안동네 작은 집 창문 틈으로 새어 나온
기도 소리는
여울물처럼 집 앞 작은 길을 따라 흘러갔었지요
작은 아버님이 돌콩 같다던, 코 묻은 손으로
구슬치기하던 막내가
자비로우신 주님의 은총으로
거룩한 사제로 불림을 받았고
어머니는 계속 기도하시며 일하셨습니다
어머니의 단순한 마음의 기도를 기뻐하시는
성모님의 은총으로
저희들은 건강하고 밝게 자랐습니다

부족한 자식의 말에 귀 기울이며 믿어주시던 어머니,
어머니의 푸른빛 맑은 눈과 복사꽃 얼굴은
아직도 저희들 마음에 남아있습니다
누구에게나 사랑으로 대하시는
어머니의 푸근한 품 안에서

저희 오 남매는 저마다 튼실한 열매를 맺었습니다

어머니,

어머니의 희생과 큰 사랑에 깊이 감사드리며

주님과 성모님의 축복 속에 행복하시기를

저희 남매들 마음 모아 기도드립니다

— 2010년 6월 3일, 맏아들 루카 올림

당신은 아름다운 사람

금빛 아침 햇살이 당신의 빛나는 눈을 빛살로 조각하던 모습이 떠오릅니다. 나는 당신의 맑은 눈을 바라봅니다. 차고 맑은 새벽이 당신의 반듯한 이마에 새벽빛을 비추어 주는 것이 보입니다. 나는 당신의 이마가 유난히 환하다고 생각합니다. 당신의 눈썹을 힘차게 긋던 붓놀림을 그믐밤의 어둠 속에서 느껴봅니다. 나는 당신의 짙은 눈썹을 마음의 붓으로 그려봅니다. 5월의 향기로운 대기는 당신의 아름다운 코의 숨결처럼 느껴집니다. 당신의 숨결을 호흡하고 싶습니다. 활처럼 육감적으로 부푼 당신 입술에서 봄밤의 꽃향기 흩어지는 풀밭의 사과나무의 향기가 느껴집니다. 나는 당신에게 키스하고 싶어집니다. 내 귀에는 당신의 아담한 귀를 다듬어주던, 새소리 들리는 시냇물 가를 거닐던 바람이 잎새를 부드럽게 흔들어주는 소리가 들립니다. 당신의 귀에 대고 부드럽게 속삭이고 싶습니다. 당신의 힘있는 목은 나무의 생명력을 드러냅니다. 당신의 목을 껴안고 나무의 힘과 촉촉함을 느껴보고 싶습니다. 당신 손을 조각하던 재빠른 손놀림과 진흙을 가져오던 발걸음 소리가 들립니다. 당신의 따뜻한 손을 잡고 함께 걷고 싶습니다

비
— 치어(稚魚)

밤비 내릴 때
빗줄기 따라 내리는 투명한 고기떼
아스팔트 길에 무수히 떨어져 파닥이며
수은등 불빛을 주워 먹는다
하수관으로 흘러드는 투명한 치어들
어둠 속을 헤엄치며
눈먼 벌레들에게 빛을 먹여 준다

치어를 먹은 생쥐의 눈이 어둠 속에서 반짝인다
창가의 넝쿨장미도 길가의 민들레도 밤에
치어를 몰래 먹고 저렇게 싱싱하다
거미줄에 왕거미가 먹다 남긴 치어의 살점들
속까지 투명하다

갈대들의 키를 훌쩍 키우고 물풀을 푸르게 하는
비 내리는 샛강의 은빛 치어들
금강모치의 비늘을 무지개 빛으로 물들이고
메기의 긴 수염을 낚싯대보다 탄력 있게 해 준다

댐에서 동사리들과 소금쟁이들과 놀다
정수장 수도관을 헤엄쳐 올라온 치어들
김 나는 스텐레스 주전자 안에서 힘차게 파닥인다
보리차를 마시는 아내, 웃음이 눈부시다
엄마 품에서 젖 먹는 아가, 눈이 해맑다
마주 보는 엄마의 눈도 맑다

치어들이 세상을 먹인다

벚나무 모스 부호

눈썹 달뜨는 봄밤
바람 불면
모스 부호처럼 눈부시게 타전되는 연분홍 꽃잎
손바닥에 받아 읽어 보네

그녀의 하얀 이, 갸름한 얼굴
연분홍 손톱처럼 작은 꽃잎
그녀의 투명한 눈물방울, 희미한 눈물 자국
속살처럼 연한 작은 꽃잎

꽃잎에는 내가 모르는 기호가 쓰여 있네
그녀의 말에 들어있는 기호처럼

연분홍 작은 꽃잎을 한 움큼 던지듯
그녀의 입술에서 재빠르게 터져 나와
가볍게 가볍게 집안을 떠다니다가
소리 없이 낮은 곳으로 내려앉는 촉촉한 말들
그녀의 심장에서 꽃피워진 그 말들
가난한 내 마음에 살며시 내려앉네

나의 돌 심장 위에 떨어져 쌓이는,
쌓이는 작고 여린 말들
내 마음 어루만져주어
나를 한 그루 벚나무 되게 하여
눈부신 모스 부호를 타전하게 하네

벚나무야,
세상은 내게 돌직구를 던지는데
너는 이토록 연하디 연한 말을 보내오는구나

애완견을 두려워하자

저들에게서는 미세한 죽음의 냄새가 난다
울음에는 버림받음을 두려워하는 신음이 섞여 있다
쇼파에 누운 갈비뼈는 햇살을 나른하게 튕긴다
애완견의 매니큐어 칠한 발은
그리움을 양말처럼 신고 있다
목 주름살은 당신의 목을 매는 사랑의 목걸이다

애완견이 강아지풀 같은 꼬리를 살래살래 흔든다고
똘망똘망한 두 눈을 맞춘다고
앙증맞은 두 발을 들고 재롱을 부린다고
까칠까칠한 혀로 손바닥을 간지른다고
덥석 붙들어서는 안 된다 겁 없이 만져서는 안 된다
한 번 붙들리면 끝이다 죽을 때까지 떨쳐낼 수 없다

애완견은 휴가 간다고 함부로 버릴 수도 없다
예방주사도 맞히고 퍼머도 해줘야 한다
노역에 시달려야 한다
매일 매일 사랑의 먹이를 절대로 빠뜨려서는 안 된다

애완견은 투견보다 무섭다
쳐다보는 촉촉한 눈망울에 빠지면 헤어나기 어렵다
귀여운 이빨로 당신의 양심을 한번 물면
결코 놓지 않는다

애완견을 두려워하자
애완견이 10m 이내에 접근하는 것을
미리미리 금지 시키자

방패연
― 로이 레제르의 '너는 내 아들'을 읽고

내 뼈를 전부 세어 보시고
내 심장 똑 따서
티 없는 내 이마에 붙이신 님의 얼굴은
단 한 번의 뜨거운 입맞춤으로
영혼에 깊이 새겨졌다

흰옷 입혀주신 그분은
겸손으로 내 이마 조이시고
가난, 순결, 순명의 정점에
사랑의 실타래를 이어
나를 고독 속에 날게 하셨다

아득한 곳에서 오는 손길 따라
나는 구름 속으로 올라가고
땅끝까지 내려간다
빈 가슴 관통하는 바람 속에서
고통에 떨며 내 영혼은 올라간다
날개 달린 것들보다 더 빨리, 더 민감하게, 더 높이

매임으로 자유롭고
비움으로 솟아오르는 신비여!

(먼 훗날 비행을 마치고) 귀환하는 날
빛 가운데서 들려주실 그분 말씀은
"너는 내 아들!"
반가운 입맞춤 해주실 곳은 각진 내 얼굴의
둥근 자기 부정의 인식표

인간 기관차

한 사내가 달려갑니다
두 눈은 불꽃으로 타고 있습니다
숲을 지나 들판을 지나 강변을 따라
바람에 머리카락을 날리며
앞을 환히 밝히며 뛰어갑니다
사내의 심장은 펌프질을 계속하며 힘차게 뛰고 있습니다
두 다리는 허리를 크랭크축으로 피스톤 운동을 계속합니다
사내는 땅을 박차고 뛰어갑니다
땅이 뒤로 뒤로 밀려납니다
땅이 움직이기 시작합니다 지구는 돌기 시작합니다
청년의 울퉁불퉁한 다리의 근육은 지구를 돌리고 있습니다
사내의 두 눈은 앞을 바라보고 있습니다
간이역의 불빛 같은 그녀의 얼굴을 그리고 있습니다
사랑의 열에너지는 창백한 사내를 정신없이 뛰게 합니다
많은 사내들이 뛰어갔습니다
많은 사내들이 뛰고있습니다
지구는 계속 돌고있습니다
사내들이 앞으로 뛰어갈수록 지구는 공전을 하고 있습니다

사내들이 앞으로 앞으로 끌어당길수록
어쩔 수 없이 지구는 끌려가고
태양에 점점 가까워지며 공전을 계속하고 있습니다
그리고 한 번씩 지구가 흔들리는 것은
사내들이 뛰어갈 때
개미를 밟지 않으려고
발을 옆으로 쿵 디뎌서 그렇답니다
사내들이 언제 뛰는 것을 멈출지는 아무도 모릅니다
아마 결혼 역에서 인간 기관차를 정지시켰다가
몇 년 뒤에
꼬마 기관차를 데리고 다시 뛰겠지요
그녀들이 있는 한 우리는 걱정 없어요
그녀들이 있는 한
사내들은 계속 뛸 것이고 사내들이 계속 뛰는 한
지구는 계속 돌 것이니까요

무궁화

무궁화, 아침이면 피는구나
이슬로 부신 얼굴 햇살 반기며
울타리 곁 도란거리는 처녀들처럼
산과 들에 환하게 피는구나
수수한 서민들 무명수건 같은 꽃잎 속
한 점 붉은 불씨 오두며
한 송이 두 송이 피고 또 피는 구나
결백한 목숨 꽃피워 어둠 물리치고
소망의 푸른 잎 무성하게 피워
배달겨레의 넋을 이어 가는구나
알토란같은 아이들 뒤란에서 보듬으며
남정네를 꾸짖어서 대장부로 키워주던
우리 여인네들 여민 옷고름에 무심히 흔들리던
서리 빛 은장도 네 꽃잎처럼 눈부셨다
지는 모습이 고와야 한다고 정갈한 여인네들
단아한 아미숙이며 단잠 들듯 고운 너,
한 톨 눈물마저 훌훌 털어 버리고
바람도 없는데 떨어져 눕는다

수많은 시련에도 강인하게 견디며
내 마음에 피고 또 네 마음에 피는 우리의 꽃
무궁화,
흰 치맛자락 오롯이 모아들여
지는 네 모습 고결하다

가장 작은 순교자
— 인간을 위한 실험용으로 희생된 수많은 몰모트와 동물들에게 바칩니다.

거룩함을 모르는 순교자
순교자가 될 수 없는 순교자
그래서 더 순교자다운 순교자

철창 사이로 흰옷 입은 자들 어른거리면
맑은 네 눈은 흐려진다
알지 못할 자들을 위한
알지 못할 고통의 불안으로.
사랑하는 분의 뜻을 이루기 위해
사랑으로 받아들이는 공포와 고통으로
그분의 눈은 충혈되었지만

그분의 머리 위에 가시관 씌워졌을 때
네 머리에도 가시관 씌워졌다
네 몸에 주사바늘 꽂힐 때
그분의 눈에 눈물 고인다.
형광등 불빛에 메스가 번쩍거릴 때
네 눈빛은 십자가에 못 박히는 순교자의 눈빛
많은 생명을 위해 한 생명이 바쳐져야 한다고

네 흰옷을 붉게 물들인다
그분의 뜻이라고 되뇌이면서

그분의 이마에 피 흐를 때 네 눈물도 따라 흘렀지만
그분의 신음소리에
네 비명소리는 묻혀버렸는지도 모르겠다
그분의 죽음에는 극적인 장엄함과 비통함도
슬퍼하는 여인들도 있었지만
네 죽음에 한 방울의 눈물이 있는지 모르겠다

오직 번호로서만 존재하고 개체로서는 기억될 수도 없는
너는 죽어 헐벗고 외로운 그분을 더 닮아 버렸지만
우리는 결코 죽지않으려 하기에 너를 닮을 수가 없구나
한 알의 약을 먹을 때 얼마나 애틋하게 감사해야 할까?
네게 바칠 감사는 우리의 매일의 작은 죽음
우리가 죽어야 네가 산다
네가 죽어 그분께서 사셨듯이
우리가 죽어야 그분께서 사신다

뭇 생명들이 감사할 줄 모르고 네 희생을 숨 쉬지만
그들의 안도의 한숨 속에 네 숨결이 느껴진다.
죄 없이 희생당한 순교자의 숨결이

모든 것을 바치고도 많은 이들의 생각 속에
떠올라 본 적도 없는 가장 작은 순교자
하나의 영광이 있으리
그분의 심장에 깊이 새겨지는 영광이

북소리
― 충익공 망우 곽재우 홍의 장군님에게 바칩니다

1.
현고수(懸鼓樹) 아래 큰 북이 중중모리로 운다
나라 지킬 의병 부르는 북소리 세간리에 울려 퍼진다
경상우도 깊은 산골에 어머님 모셔놓고
아버님 무덤마저 왜적이 모르도록 평토장한 후
용광로처럼 치솟는 애국애족의 불길 가눌 수 없어
애마에 채찍질하여 회리바람처럼 달려온
임란 최초의 의병장 곽재우
무쇠 팔뚝에 힘을 모아 한 번 또 한 번 또 한 번
태극 원을 그리며 느티나무 아래 큰 북을 울린다
마시면 큰 장수가 된다는 전설이 있는
외할아버지댁 뒤뜰
홰나무 아래 맑고 찬 우물물 마시며 마음을 가다듬고
용연정에서 소학과 사서와 춘추를 읽으며
충효와 의를 생각하며
동네 큰길에서 돌 성을 쌓으며 소년 장수하던
총명한 아이
16세에 남명 조식 선생의 외손녀

슬기로운 규수 산상 김 씨와 결혼하고
장감(將鑑)을 읽으며 병법과 무예를 익혀
호국의 기상을 키우고
백가서와 천문 지리 음양 의약서를 두루 읽으며
홍익인간의 뜻을 새긴
정시(庭試)에서 장원을 한 눈이
샛별처럼 빛나던 튼실한 청년
진사 시험에 합격했으나 낙향하여
아버님 묘소에 3년 시묘하던 효자
기강가 돈지에 정자 짓고 시와 낚시를 즐기며
사색하던 풍류남아 곽재우
임금님 교서도 없는데 임란 10일 만에 사재를 털어
의병을 모으며
죽기를 맹세하고 분연히 일어서는 천둥처럼 큰 북소리
현풍 의령 삼가 합천 산과 골짜기로 퍼져나가
조선 팔도에 울려 퍼진다
그 북소리, 괭이와 호미 잡던 농부들, 머슴들
소 떼처럼 우루루 이끌고 온다

그 북소리, 시퍼렇게 눈에 불 켠 칡범 같은 장정들
무리무리 이끌고 온다
그 북소리, 민초들 애국혼 일깨워 조선 팔도 의병들
억새 풀로 일어선다
그 북소리, 아녀자들 아이들 마음속에도
나라 사랑 잉걸불 타오르게 한다

2.

반상을 가르지 않고 먹거리 세간살이
돌보아주는 어진 사람 곽재우
저절로 고개 숙여져 왜적을 물리치리라 다짐하며
쇠주먹 불끈 쥐는 의병들
관군이 버리고 간 신반, 초계성의 병장기와 군량미로
무장하고 배불리 먹여
나라와 임금 지키려 한 홍의장군의 의로움
초유사 격려문 비단 깃발로
푸른 하늘에 비둘기처럼 펄럭였네.
지모와 사려가 특출한 백마 탄 천강 홍의장군 지휘하고

범같이 날래고 힘센 의병 17 장군과

맹훈련으로 다져진 의병들

억센 손과 손에 칼과 창, 활 들고 정암나루에 매복했네

둥둥둥 북소리 울릴 때 정암나루 핏빛으로 물들고

왜적들 주검들 갑옷들 투구들 짚풀처럼 강물에 떠다녔네

신출귀몰한 천강 홍의장군 동에 번쩍 서에 번쩍

왜적들 혼이 빠져 걸음아 날 살려라 달아났네

재주와 명망이 특이한 천강 홍의장군 지략에

잔악한 왜적들 보물 상자 열어보다 혼쭐났네

벌들과 뱀들 튀어나와 침략자들 마구 쏘고 물었네

간사한 왜적들 다복솔 숲에 번쩍이는 무수한 검은 철모

보고 눈이 휘둥그레지며 간이 콩알만 해졌네

다섯 가지 횃불 영산을 밝히고 의령 삼가 합천 의병들

우렁찬 고함소리 산골짜기 흔드니

왜적들 사시나무 떨듯 떨며

겁먹은 노루 새끼처럼 꽁지가 빠져라 도망쳤네

3.

'이 한 몸 죽기는 아깝지 않으나 의병들을 죽음으로
끌고 들어갈 수는 없습니다' 부적절한 명령을 거부하며
개인의 충성보다 부하를 사랑한 홍의장군
'내가 목숨을 걸고 고향을 지키려고 한 것은 사실이나
당연히 할 일을 했을 뿐이오'
자신의 큰 공을 낮춘 겸손한 홍의장군
밀양, 영산, 창녕, 현풍의 군사들을 이끌고
화왕산성 굳게 지키고
우의정 겸 3도 도체찰사가 피하라고 서찰을 보냈으나
'다른 모든 성들이 무너졌다 하더라도
홀로 화왕산성을 지키지 못하겠습니까?'
후퇴하는 왜적의 뒤를 쳐 승리한 백전백승의 지장
천강 홍의장군
키워주신 어머님 화왕산성에서 돌아가시니
눈물로 장례 치르고
관직에서 물러난 뒤 패랭이를 만들어 팔아 살아가신
청렴결백한 홍의장군
계축옥사 때 영창대군을 신원하는 소를

가장 먼저 올린 정의로운 홍의장군

나라와 민족의 앞길을 늘 걱정했기에,

그 걱정 잊을 수 없기에

그 걱정 잊고 싶어 망우당이라고 호를 지은

충익공 망우당 곽재우 장군님

애국혼 불태우며 현고수 아래서 혼신의 힘 모아

한 번 또 한 번 치던 큰 북소리

정암나루, 영산, 기강에서 눈 부릅뜨고

왜적들 노려보던 범 같은 18 장군 호령 소리

둥둥 북소리 들으며 활 쏘고 칼 휘두르며 달려가던

순박한 의병들 의분의 고함 소리

나라 사랑 겨레 사랑으로 타오른 님들

불멸의 생애, 깊고 큰 북소리

후손들 어리석은 마음에 나라 사랑 일깨우며

언제까지나 울리고 울리리

(장군은 1617년 66세로 하늘에서 왔다가 하늘로 돌아가니 마을 사람들은 승전지인
낙동강과 남강이 합류하는 지점에 보덕각을 세웠고, 장군을 흠모하는 유학자들은 현풍
가태동에 충현사를 건축하였으며 숙종 임금은 장군을 자헌대부 병곤판서(국방장관)겸
지의금부사로 승진시키고 충익공 시호 내림)